Léo de Lapey

Des pieds-bots et de leur traitement

Thèse présentée et publiquement soutenue à la
Faculté de médecine de Montpellier, le août 1838

Léo de Lapeyrouse

Des pieds-bots et de leur traitement

Thèse présentée et publiquement soutenue à la Faculté de médecine de Montpellier, le août 1838

Réimpression inchangée de l'édition originale de 1838.

1ère édition 2024 | ISBN: 978-3-38509-490-1

Verlag (Éditeur): Outlook Verlag GmbH, Zeilweg 44, 60439 Frankfurt, Deutschland
Vertretungsberechtigt (Représentant autorisé): E. Roepke, Zeilweg 44, 60439 Frankfurt, Deutschland
Druck (Imprimerie): Libri Plureos GmbH, Friedensallee 273, 22763 Hamburg, Deutschland

DES PIEDS-BOTS

ET DE LEUR TRAITEMENT.

THÈSE

Présentée et publiquement soutenue à la Faculté de Médecine de Montpellier, le   août 1838,

PAR

LÉO DE LAPEYROUSE,

Bachelier ès-Sciences ; Lauréat de l'École des Sciences de Toulouse, et de l'École de Médecine de la même ville.

POUR OBTENIR LE GRADE DE DOCTEUR EN MÉDECINE.

MONTPELLIER,

IMPRIMERIE DE BOEHM ET Ce, ET LITHOGRAPHIE.

1838.

A MON PÈRE.

A LA MÉMOIRE DE MA MÈRE!!

A CELLE DE MON GRAND-PÈRE

Le baron Philippe PICOT de LAPEYROUSE,

Membre de la Légion d'Honneur;

Avocat-général des eaux et forêts au Parlement ; Inspecteur général des mines de France ; ancien Maire de Toulouse ; Député de la même ville ; Membre-correspondant de l'Institut ; Membre de l'Académie royale des Sciences, Inscriptions et Belles-Lettres de Toulouse ; Professeur à la Faculté des Sciences de la même ville ; Mainteneur des Jeux Floraux ; Auteur du Traité sur les Mines de fer du comté de Foix ; de la Flore des Pyrénées, etc., etc.

L. DE LAPEYROUSE.

DES PIEDS-BOTS

ET

DE LEUR TRAITEMENT.

—

Sous le nom commun de *pied-bot*, on désigne une conformation vicieuse, dans laquelle les pieds touchent le sol par toute autre partie que leur face plantaire, ou seulement par quelques points de cette dernière.

Suivant la direction de la plante du pied, cette maladie a reçu différens noms. Si le pied ne présente au sol que son bord péronier ou externe, ou sa face dorsale, la plante étant tournée en dedans, la difformité reçoit le nom de *varus*, ou pied-bot externe ; on lui donne le nom de *valgus*, ou pied-bot interne, quand on observe une disposition inverse à la précédente, c'est-à-dire, quand le pied reposant sur son bord interne ou tibial, ou sur la face dorsale du même côté, la plante du pied regarde en dehors ; enfin, l'on nomme *pied-équin*, pied-bot antérieur, la difformité dans laquelle le pied, ne se renversant ni à droite ni à gauche, sa face plantaire ne repose que sur son extrémité digitée ; le talon se trouve, par conséquent, relevé, et le pied tout entier offre la forme d'un S romain. En 1816, chez un enfant qui venait de naître, Delpech observa la difformité suivante : la briéveté des muscles antérieurs de la jambe ou de leurs tendons était telle, que la face dorsale du pied de l'un et de l'autre côté, était appuyée sur la région antérieure de la jambe, et qu'il n'était presque pas possible de l'en écarter.

Chacune de ces difformités comprend plusieurs degrés, suivant que les os ont perdu plus ou moins de leurs rapports avec les surfaces articulaires correspondantes. Il est des malades sur lesquels on a observé deux genres de pied-bot à la fois: ainsi, le malade que j'ai opéré par la section du tendon d'Achille, offrait en même temps un pied-équin, puisque, dans la station, son pied reposait sur la partie inférieure correspondante à l'extrémité antérieure du premier os du métatarse, le talon se trouvant fortement relevé en haut, en même temps que, dans la marche, son pied appuyait non-seulement sur son bord externe, mais encore sur plusieurs points de la face dorsale correspondante; ce dont il a été facile de s'assurer, par l'examen de son pied moulé en plâtre, que j'ai présenté à la Faculté.

Delpech dit avoir observé, tant dans sa pratique particulière, que sur un moule en plâtre conservé par M. Martin, une difformité caractérisée à la fois par l'extension propre au pied-équin, l'enroulement en dedans qui appartient au varus, et la déviation de la totalité du pied en dehors, comme dans le valgus.

De toutes ces difformités le varus est la plus fréquente, et le valgus celle qui l'est le moins ; car, cette variété s'observe assez rarement, pour qu'on puisse la regarder, en quelque sorte, comme une exception.

Caractères anatomiques. — Avant 1803, époque à laquelle Scarpa publia son excellent Mémoire sur les *Pieds-bots,* on ne connaissait point les caractères anatomiques de cette difformité. Le professeur de Pavie parla de ses causes, et il s'attacha surtout, ce que personne n'avait fait avant lui, à disséquer des pieds-bots, à examiner les différens changemens de position que les os du tarse éprouvent dans cette maladie ; et il a démontré que les os du tarse n'étaient point luxés, dans l'acception ordinaire de ce mot, mais qu'ils étaient seulement éloignés, en partie, de leur contact mutuel, et contournés suivant leur axe le plus petit.

M. Bouvier, dans son article Pied-bot *du Dictionnaire de médecine et de chirurgie pratiques,* a exposé très au long les caractères anatomiques de cet état pathologique ; c'est à lui que nous les empruntons, n'ayant jamais eu nous-même l'occasion de faire de semblables dissections.

Pied-bot en dedans. — Il consiste essentiellement dans la déviation en dedans du calcanéum, du scaphoïde et du cuboïde, plus rarement de l'astragale. Les anatomistes ont bien reconnu que l'adduction du pied, mouvement qui imite le pied-bot en dedans, appartenait aux articulations de la seconde rangée du tarse avec la première, et du calcanéum avec l'astragale, de façon que ce dernier os et son articulation avec la jambe restent étrangers à ce mouvement. Lorsque le pied se porte en dedans, le calcanéum roule comme un cylindre, et pivote tout à la fois presque horizontalement sur la partie postérieure de l'astragale; le scaphoïde suit le mouvement du calcanéum; il éprouve une légère rotation sur lui-même, et glisse en même temps vers le côté interne de l'astragale. D'un autre côté, le cuboïde, déjà incliné en dedans par la rotation du calcanéum, se meut sur cet os de haut en bas et de dehors en dedans, en tournant un peu dans ce dernier sens. Par ces divers mouvemens, la petite apophyse du calcanéum et la tubérosité interne du scaphoïde se trouvent rapprochées de la malléole interne; tandis que la face externe du premier s'est éloignée de la malléole externe. La tête de l'astragale restée à nu dans son côté externe, fait saillie au dos du pied. Les os cunéiformes, le métatarse et les phalanges des orteils sont déplacés par suite du changement de situation et de direction du scaphoïde et du cuboïde qui les supportent. C'est ce qui explique la torsion apparente du pied, qui a sa pointe, sa face plantaire et son bord externe plus ou moins fortement tournés en dedans. C'est par un semblable mécanisme, que la déviation du tarse entraine celle de toute la partie antérieure du pied, dans le pied-bot interne. L'articulation des deux rangées des os du tarse est le siége spécial des déformations que l'on observe dans cette affection. Le calcanéum, si utile au mouvement ordinaire d'adduction, a moins de part au déplacement anormal du pied en dedans. L'astragale ne change de situation, que dans certains cas particuliers.

Les lésions de l'*articulation astragalo-scaphoïdienne* se rencontrent toujours; c'est en quelque sorte, là, le point central de la déformation, qui souvent consiste presque uniquement dans l'altération des rapports naturels des os de cette jointure. Il peut arriver que le col de l'astragale, dirigé en dedans, tourne dans ce sens la tête de l'os et le scaphoïde qu'elle supporte, sans que ces parties aient perdu leurs rapports, ou bien la tête de l'astragale est dans sa situation naturelle; mais elle s'articule alors avec le scaphoïde par son côté interne, ce dernier os étant porté en dedans et contourné dans le même sens, comme il le serait dans une adduction forcée. Ce dernier cas est le plus commun; on peut le considérer comme une luxation incomplète de l'un de ces os, soit de l'astragale, soit plutôt du scaphoïde, puisque cet os seul a changé de situation, comme l'a si bien démontré Scarpa, et que la tête de l'astragale ne se trouve à découvert, que par suite du déplacement de l'os qui la recouvre. Dans les déviations très-considérables, le scaphoïde passe tout-à-fait en dedans de l'astragale; sa direction devient parallèle à l'axe du pied, de tranversale qu'elle était : cet os atteint quelquefois le calcanéum, auquel il se joint par une facette de nouvelle formation. La déviation de l'articulation astragalo-scaphoïdienne et le déplacement du scaphoïde entraînent nécessairement le changement de direction et de situation des cunéiformes, des métatarsiens correspondans, et des premier, deuxième et troisième orteils.

Dans l'articulation calcanéo-cuboïdienne, les rapports se trouvent aussi ordinairement changés. Le cuboïde peut subir un léger mouvement, et se porter en bas et en dedans ; ce sont les cas les plus simples ; il peut aussi, dans les déviations très-prononcées, abandonner en dehors la surface articulaire du calcanéum, et s'incliner vers le côté interne et inférieur de cet os, dont la facette s'étend et se dévie dans le même sens, en même temps qu'elle s'efface du côté opposé. Il peut arriver aussi, dans les déformations très-prononcées, que l'extrémité antérieure du calcanéum soit presque entièrement à découvert ; que le cuboïde soit presque complétement luxé et enfoncé sous le scaphoïde, qui est lui-même déplacé dans une direction semblable. De là dérivent essentiellement les traits principaux qui caractérisent le pied-bot interne.

Ce n'est qu'au-delà de la première enfance, que l'on observe les dérivations de l'articulation tibio-astragalienne. On sait, du reste, que l'astragale ne participe pas en général aux déformations des autres os du tarse.

Dans la plupart des pieds-bots en dedans, l'articulation tibio-tarsienne est dans une extension plus ou moins complète, qui, en abaissant l'astragale et le calcanéum, et avec eux le côté externe, devenu antérieur, des os de la seconde rangée, augmente l'inclinaison de l'avant-pied. Ce mouvement, venant à la longue à dépasser les limites naturelles, finit par amener la luxation incomplète du pied en avant. Le tibia gagne en arrière ; il vient joindre le calcanéum avec lequel il contracte des rapports articulaires : l'astragale par sa poulie reste à découvert. La tête de cet os regarde directement en bas ; le calcanéum est perpendiculaire au sol, comme les os de la jambe ; et la rangée tarsienne antérieure, déjà déviée par elle-même, est ramenée en dessous du membre. C'est dans ce cas que les malades marchent sur le dos du pied.

Les surfaces de la double articulation calcanéo-astragalienne sont à peu près disposées comme dans l'adduction ordinaire.

Il arrive communément que les os du pied-bot, ceux du tarse en particulier, offrent une sorte d'atrophie, tantôt plus considérable dans certains os, que dans d'autres du même tarse. Les diverses articulations du tarse finissent quelquefois à la longue par disparaître, en tout ou en partie, par la soudure de ces surfaces.

Les ligamens sont allongés du côté où les os se sont écartés, et raccourcis là où ils se trouvent rapprochés les uns des autres.

Les muscles qui passent sur les articulations déviées, se modifient comme les ligamens, en raison des distances qui séparent leurs insertions. Ceux qui passent ou correspondent au côté externe et antérieur du pied, sont allongés, ainsi les péroniers, les extenseurs des orteils. Les tibiaux, au contraire, les fléchisseurs des orteils, le triceps du mollet, enfin les muscles placés au côté postérieur, sont raccourcis. En outre, surtout dans les pieds-bots anciens, ces muscles sont minces, atrophiés et souvent graisseux.

Les déformations qui constituent le valgus, ne diffèrent, pour ainsi dire, des précédentes, que par une direction opposée. Que l'on renverse toutes les inclinaisons partielles qui composent le varus, et l'on aura l'image de celles qui engendrent le pied-bot externe. Le mécanisme de l'abduction met les os du tarse dans une situation analogue à celle opérée par le valgus. Les parties molles sont influencées comme dans le varus.

Dans le pied-équin, si la déviation est légère, il y a seulement extension de l'articulation tibio-tarsienne; les surfaces articulaires conservent leurs rapports mutuels. Si elle est considérable, le calcanéum touche le tibia par sa face postérieure; la poulie de l'astragale se trouve, presque en entier, au devant de la mortaise destinée à le recevoir. Le scaphoïde et le cuboïde sont, en même temps, portés vers la plante du pied, et laissent à nu la partie supérieure de la tête de l'astragale et de la facette cuboïenne du calcanéum. Les cunéiformes et les métatarsiens sont parfois inclinés dans le même sens : le pied offre la forme d'un S romain. Il est bombé en dessus, cintré en dessous. La face dorsale a plus d'étendue, la plante est raccourcie, et le talon plus rapproché de la pointe du pied. Les ligamens, les muscles subissent les mêmes modifications que dans les deux variétés déjà décrites, suivant qu'ils ont rapport à des parties distendues ou raccourcies.

Quant aux caractères extérieurs, ils sont faciles à pressentir; le premier degré du varus met le pied dans une adduction permanente. Appuyé sur le sol, le pied ne pose que sur le côté externe de sa face plantaire et sur son bord externe. Dans un degré plus avancé, on aperçoit trois saillies : l'une est placée au dos du pied, dix à douze lignes au devant de l'articulation du tibia avec l'astragale; elle est formée par la tête de ce dernier os; l'autre, située un peu plus bas, en avant de la malléole externe, est due à l'extrémité antérieure du calcanéum; la troisième n'est autre que l'extrémité postérieure du cinquième métatarsien. La malléole externe est très-saillante ; l'interne l'est peu ou point, en raison de la courbure en dedans que subit le pied, dont la pointe se rapproche ainsi du talon, et subit, dans les cas extrêmes, une espèce d'enroulement. Suivant le degré de torsion qui existe, le malade marche sur l'extrémité postérieure du cinquième métatarsien et le cuboïde, ou sur celui-ci et la tubérosité antérieure du calcanéum, ou, enfin, sur ce dernier os et la tête de l'astragale. Des callosités se forment sur les parties soumises à la pression du corps. Parmi les orteils, le premier seul est quelquefois renversé, écarté des autres, ou, au contraire, replié sur le deuxième, par suite du tiraillement de son extenseur et peut-être de l'action des chaussures.

Les caractères extérieurs du valgus seront bien saisis, si on prend l'inverse des précédens ; car, ici, le pied touche le sol par son bord interne, et c'est au bord externe que se remarque la courbure du pied. La malléole interne sera très-saillante ; l'externe peu ou point, etc., etc.

Nous avons assez dit sur le pied-équin pour y rien ajouter : le talon est élevé plus ou moins au-dessus du sol, et le pied ne repose que par l'extrémité des orteils, comme dans le chien, ou seulement sur quelques points correspondans aux faces inférieures des extrémités antérieures des métatarsiens, et plus particulièrement du premier.

ÉTIOLOGIE.

La difformité connue sous le nom général de *pied-bot*, peut-être congéniale ou acquise ; elle dérive, dans ces deux cas, de causes bien différentes....

Tous les auteurs qui se sont occupés de cette maladie, en ont recherché les causes et ont émis diverses opinions à cet égard. Je m'occuperai d'abord des causes du *pied-bot* congénial.

Hippocrate, qui connaissait les déformations des pieds, soit congéniales, soit acquises, et qui avait donné la description d'un bon appareil pour leur traitement, a émis une opinion qui se rapproche le plus des théories modernes, et particulièrement de celles de M. Martin, que nous ferons bientôt connaître. « Il y a encore, dit-il, une manière dont les » enfans sont mutilés, c'est lorsque *la matrice est* » *trop étroite* : les mouvemens de l'enfant qui est » fort tendre, se passant dans un lieu où il est trop » serré, il faut bien que les membres s'y mutilent. Il » en est ainsi des racines qui viennent dans la terre ; » quand il n'y a pas assez de fond ou qu'elles rencon- » trent quelques pierres ou tout autre corps dur, ne » deviennent-elles pas toutes tortueuses, grosses dans » un endroit, minces dans l'autre ? Eh bien ! il en » arrive de même au fœtus dans la matrice, si quelque » partie de son corps se trouve plus serrée que » l'autre (1). »

Ambroise Paré prétend que les pieds peuvent se déformer avant la naissance, si la mère s'est tenue trop long-temps assise avec les jambes croisées, et a déterminé ainsi des pressions sur l'utérus par la tension des parois abdominales. Mais, que de mères ont présenté les conditions énoncées par Ambroise Paré, sans qu'elles aient donné naissance à des enfans

---

(1) Ed. de Foës, tom. II., pag. 395, art. *de la Génération*.

affectés de pied-bot! et rien ne prouve que les femmes qui, par des pressions considérables exercées sur l'abdomen, cherchent à cacher une grossesse illicite, ou celles qui veulent maintenir l'élégance de la taille pendant la grossesse, engendrent plus souvent des enfans pieds-bots, que celles qui se sont trouvées dans les conditions opposées.

Nous devons rejeter, comme complétement ridicule, l'effet d'une imagination frappée, chez la femme grosse, comme cause de pareille infirmité.

Certains auteurs, et, avec quelque fondement peut-être, Ambroise Paré est de ce nombre, ont cru y trouver une cause héréditaire. Parmi les faits que l'on cite à l'appui, on trouve l'exemple remarquable de quatre frères qui portaient la même infirmité. On sait, du reste, quelle est l'influence de l'hérédité sur les maladies internes ou externes; mais, comme cela m'éloignerait de mon sujet, je n'insisterai pas davantage sur une cause qu'il me suffit d'avoir énoncée.

Delpech et Duverney mettaient la production du pied-bot sous la conséquence de la brièveté primitive des muscles rétractés. Cela peut être ainsi chez les sujets affectés de pied-bot dans les maladies de l'axe cérébro-spinal, accompagnées du raccourcissement de certains muscles; mais, comme ces cas sont exceptionnels, de telles causes ne peuvent être posées en principe. M. Boyer pense qu'il est très-probable que le relâchement des muscles est dans quelques cas la cause, et, dans d'autres, l'effet de la torsion des pieds des enfans. La brièveté ne préexiste point à la déviation ; elle est toujours consécutive : et ce serait, suivant l'expression de Scarpa, confondre l'effet avec la cause, que de regarder cet état des muscles comme le point de départ ordinaire de la déformation.

Il est maintenant prouvé que le pied-bot tient à une cause mécanique, à une pression exercée sur les pieds de l'enfant, et que le raccourcissement des muscles n'est presque toujours qu'un effet médiat. L'atrophie du mollet et le raccourcissement du tendon d'Achille, qui en est souvent la conséquence, s'observaient autrefois très-fréquemment chez les personnes non atteintes de pied-bot, par l'usage habituel des souliers à talons très-élevés, qui obligeaient à marcher presque sur la pointe du pied.

L'opinion émise par M. Ferdinand Martin, de Paris, compte aujourd'hui beaucoup de sectateurs. M. Martin admet comme théorie dans la production des pieds-bots congéniaux, la pression exercée contre le fœtus par les contractions utérines, en raison de l'absence plus ou moins complète du liquide amniotique.

Voici d'ailleurs la manière dont M. Martin raconte que sa conviction s'est formée à cet égard. (*Extrait du rapport de M. Cruveilhier; Bull. de l'Acad. roy. de méd.*, pag. 800 et suivantes.)

« Un enfant qui venait de naître avec deux pieds-bots en dedans, lui ayant été adressé par M. Dupuytren, M. Martin fut frappé de voir cet enfant se pelotonner spontanément, et donner à son corps la forme ovoïde qu'il avait affectée dans la cavité de l'utérus : les cuisses se fléchirent sur le bassin, les jambes sur les cuissses, et les pieds vinrent d'eux-mêmes s'appliquer contre les fesses et se croiser incomplétement l'un sur l'autre, dans l'attitude du pied-bot. Ce pelotonnement spontané n'était-il pas la nature prise sur le fait dans la production du pied-bot? Le mécanisme de cette déformation lui apparut comme un trait de lumière : évidemment le pied-bot était le résultat d'une pression directe exercée par l'utérus sur l'extrémité pelvienne du fœtus ; mais cette pression supposait nécessairement l'absence plus ou moins complète des eaux de l'amnios; et, en effet, l'accouchée avait eu un ventre peu volumineux pendant tout le cours de la grossesse. A dater du sixième mois, elle avait ressenti une douleur fixe vers la région épigastrique et une pesanteur continuelle vers le col de l'utérus; chaque mouvement de l'enfant lui faisait éprouver une sensation pénible; et c'est à peine si, au moment de l'accouchement, il s'était écoulé deux cuillerées de liquide. L'enfant naquit avec deux pieds-bots. »

« Un enfant naquit avec un seul pied-bot du côté droit, et fut présenté à M. Martin, le deuxième jour de sa naissance. Dégagé de ses langes et abandonné à la spontanéité de ses mouvemens, l'enfant se pelotonna et prit la position qu'il avait dans la matrice. On vit alors la jambe droite se placer en la croisant au devant de la jambe gauche. On comprit que le pied gauche n'avait pu être déformé, car son talon reposait en plein sur la fesse droite ; tandis que le pied droit placé au devant du pied gauche, et son calcanéum posant à faux sur la face dorsale de celui-ci, au niveau du cuboïde, avait dû supporter seul l'effet des contractions de l'utérus.

» Les renseignemens pris auprès de la mère, donnèrent les mêmes résultats que pour le cas précédent : même défaut de développement de l'abdomen ; même douleur épigastrique ; même sentiment de pesanteur au col utérin, pendant les derniers mois de la grossesse ; même disette de liquide amniotique. »

« L'auteur de cette théorie l'appuie de soixante-un faits. Il dit que, par suite de l'absence relative des eaux de l'amnios à une époque quelconque de la grossesse, la matrice exerce une pression directe sur les pieds et les déforme. Il ajoute que des symptômes, toujours les mêmes, annoncent, pendant la gestation, la déformation dont il s'agit ; que constamment les femmes éprouvent, vers le cinquième ou sixième mois au plus tard, une douleur fixe et souvent insupportable, qui se fait sentir vers l'épigastre quand l'enfant se trouve dans la situation verticale, et aux hypochondres quand il est en travers, douleur que M. Martin explique par le contact des pieds avec les parois de la matrice ; que constamment aussi les femmes accusent une pesanteur incommode au périnée et au fondement ; que le ventre est ordinairement plus petit que dans les grossesses normales. »

Mais il est peu fréquent d'observer cette absence relative des eaux de l'amnios. Le fœtus, dans la plupart des cas, n'est qu'un point dans une masse de liquide ; et bien des femmes ont engendré des enfans bien conformés, quand la quantité des eaux écoulées était très-faible, et d'autres donnaient naissance à des enfans pieds-bots, dont l'expulsion hors de l'utérus était accompagnée d'une grande quantité de liquide amniotique. M. Martin répond que, pour le premier cas, il se peut que l'absence du fluide amniotique n'ait eu lieu que vers la fin de la gestation, et qu'alors le renversement des pieds n'ait pas eu le temps de se faire, de même que le second cas serait expliqué par la disette des eaux dans le premier temps, et par une sécrétion très-abondante dans les derniers temps de la grossesse. Mais cette réfutation, dit le rapporteur, n'est-elle pas plutôt un adroit subterfuge, qu'un raisonnement qui ne réside sur aucun fait établi ?

Il est néanmoins prouvé, quoi qu'en dise le rapporteur du Mémoire, que les jumeaux apportent, plus souvent que les autres enfans, des pieds-bots ; et, dans ce cas, la quantité du liquide amniotique est moindre.

Le nombre des garçons affectés de pieds-bots est plus considérable que celui des filles ; du moins, d'après les statistiques fournies par MM. Bouvier et Martin. D'après le premier, sur 60 cas, les $3/5^{mes}$ ont été observés sur des garçons, et $2/5^{mes}$ seulement sur des filles : il y a donc $1/5^{me}$ de plus de pieds-bots parmi les garçons. D'après les chiffres de M. Martin, sur 61 cas, 45 appartenaient à des garçons et 16 à des filles ; M. Martin en conclut que, si la proportion des garçons est fort supérieure à celle des filles, c'est qu'ils sont généralement plus volumineux, et par cela même plus exposés, toutes choses égales d'ailleurs, à être pressés par la matrice contenant une quantité moindre de liquide. On ne saurait non plus, comme il a été dit plus haut, invoquer en faveur de la production des pieds-bots, les influences extérieures : tel est le mécanisme du liquide amniotique, que le fœtus est à l'abri des chocs et des compressions extérieures, à moins de rupture de la poche des eaux ; car, tous les jours, on voit des enfans, parfaitement conformés, naître de femmes qui avaient reçu, pendant la gestation, des coups violens sur l'abdomen, ou qui, pour cacher leur grossesse, avaient exercé sur cette cavité une pression considérable et permanente.

D'après plusieurs faits consignés par M. Cruveilhier, dans son *Anatomie pathologique du corps humain*, 2ᵉ livraison, in-f°, pl. 2, 3, 4, on peut s'assurer que la diminution des eaux de l'amnios ne suffit pas seule pour expliquer sa production. Dans les cas rapportés par lui, on peut voir que les pieds-bots tiennent à une cause mécanique, à une position défectueuse, à une compression qui ne permet pas au membre dévié de se développer dans la direction qui lui est naturelle.

La cause du pied-bot est dans le fœtus lui-même, qui devient, pour une ou plusieurs parties de lui-même, un corps résistant, inflexible : ainsi, dans le cas représenté par la figure I, les jambes, au lieu d'être fléchies en arrière sur les cuisses, sont restées étendues et appliquées sur la région antérieure du tronc; il en est résulté que les pieds, arc-boutés sous le menton, ont dû se renverser en dedans sur le tibia....

Mais, le point essentiel était de prouver que le pied-bot tenait à une cause mécanique, et de l'affranchir de ces causes occultes, rapportées à l'imagination de la mère ou à une conformation primitivement défectueuse des germes. Que la cause soit dans l'absence plus ou moins complète des eaux amniotiques, dans des constrictions sur l'abdomen de la mère, à une position vicieuse du fœtus, la théorie est toujours la même, quant au fond : le pied-bot tient à une cause mécanique, à une pression exercée sur les pieds de l'enfant surpris dans une position vicieuse. Ainsi, c'est à MM. Martin et Cruveilhier que la science doit la lucidité donnée à l'étiologie du pied-bot congénial.

Mais, parmi les individus affectés de pied-bot, le plus grand nombre a vu cette infirmité se développer après la naissance et se développer alors sans cause probable. Peut-être la difformité étant très-peu apparente à la naissance, elle a été alors méconnue, et ce n'a été qu'à une époque plus reculée, quand elle n'était plus méconnaissable, que l'on a su l'apercevoir. En effet, les jambes fortement arquées en dedans, sont regardées comme le premier degré de pied-bot; cela étant posé, on conçoit combien le commencement du pied-bot échappe aux personnes étrangères à la science, et qui entourent l'enfant... Et, comme l'âge, la station trop hâtive, la marche hâtent et développent cette infirmité, on conçoit alors que si l'on ne l'aperçoit qu'à un degré où elle n'est plus méconnaissable et que l'on ne puisse lui donner une cause probable, c'est que, sans doute, les enfans, en naissant, avaient les premiers rudimens de cette maladie, que l'âge ou un exercice trop prématuré a amené à des degrés plus avancés, constituant alors une véritable infirmité.

S'il est des pieds-bots congéniaux, et c'est le plus petit nombre, il en est, par conséquent, un plus grand, développés après la naissance, et que l'on nomme *accidentels*.

Les causes en sont très-nombreuses, et il en est de très-remarquables, que l'on doit signaler pour les faire éviter.

Je mettrai en première ligne la manière défectueuse dont les enfans sont portés sur les bras de leurs nourrices. Ils sont soutenus sur un seul bras et toujours du même côté. Pressées contre la personne qui les soutient, les jambes, ou du moins la plus voisine du corps de la nourrice, cesse de tomber perpendiculairement sur le pied chassé par cette pression dans une direction vicieuse. Quand on sougera que beaucoup d'enfans sont ainsi supportés des demi-journées et plusieurs mois de suite, on ne pourra se refuser à admettre cette cause au nombre de celles qui engendrent les difformités des pieds, et si elles ne produisent pas des difformités très-prononcées, elles amènent au moins des commencemens de pieds-bots, qui augmentent avec l'âge.

Parmi les causes du pied-bot accidentel, on doit classer l'empressement trop grand que l'on met souvent à faire marcher les enfans de bonne heure. La cause mécanique est le seul effet du poids du corps, tombant obliquement sur le tarse, quand les ligamens ou les muscles sont trop faibles pour corriger les vacillations du pied dans la station et la progression.

Le spasme ou la paralysie affectant exclusivement ou avec plus d'intensité l'un des côtés du membre, sont inévitablement suivis d'une inclinaison du pied dans le sens des muscles prédominans, qui peut donner lieu à un véritable pied-bot. Le relâchement contre-nature des ligamens, le rachitis sont des sources de pied-bot accidentel. Dans les cas de cette nature, l'inégalité des forces musculaires, quoique n'ayant pas, dans le principe, causé la déformation des pieds, lorsque la torsion a commencé, contribue beaucoup à l'accroître.

Les causes de la torsion accidentelle peuvent être les pustules, plaies, ulcères, phlegmons du pied, qui contraignent les malades à présenter au sol, non sa face plantaire, mais l'un de ses bords; les luxations, abcès, fractures du pied.

Un homme, affecté de pustules syphilitiques sous la plante du pied, fut contraint de marcher pendant long-temps sur son côté péronier : il contracta l'habitude de marcher ainsi, et son pied se dévia en dehors.

Une fille de 7 ans avait un ulcère sur le bord interne du pied. Pour éviter de souffrir, elle marchait sur le côté opposé, et son pied se tordit en dehors. Elle fut guérie par l'appareil de Venel.

Dans le *Bulletin de Thérapeutique*, an 1836, pag. 213, on rapporte l'observation d'un homme, âgé de 40 ans, qui présentait un pied-équin très-prononcé, par suite d'une morsure de chien qu'il avait reçue, à l'âge de 5 ans, au bord externe du pied, ce qui l'avait obligé à marcher depuis sur la pointe de ce membre. — Un peintre célèbre, de Paris, porte aussi un pied-équin, depuis la première jeunesse, à la suite d'une cause traumatique du côté du talon.

Scarpa, Boyer, Delpech citent des cas de pied-bot accidentel survenus par quelques-unes des causes ci-dessus énoncées. On voit donc, d'après cela, de quelle importance il est dans la pratique de défendre formellement, dans les maladies plantaires, la marche seulement sur la partie, soit antérieure, soit interne ou externe du pied. — On a pu s'assurer aussi de l'inconvénient des chaussures qui élèvent trop le talon au-dessus du sol.

Un effet commun au pied-bot congénial ou accidentel, c'est le peu de volume de la jambe et quelquefois de la cuisse correspondante. Le mollet remonté est comme atrophié; et on a remarqué que plus le membre malade s'éloigne de l'époque de la naissance, plus les muscles, soit ceux qui sont distendus, soit ceux qui sont relâchés, tombent dans une grande débilité et successivement dans l'atrophie. Ces effets, dit Delpech, paraissent dépendre essentiellement du degré de tension que ces organes éprouvent, et que la difformité a totalement changés. Il faudrait alors ajouter que l'excès d'allongement, comme celui de relâchement, deux conditions bien opposées entre elles, conduisent cependant au même résultat : l'atrophie des muscles et quelquefois leur paralysie. — Le rétablissement de la situation naturelle du pied entraîne ordinairement la restauration de ces mêmes propriétés. Il paraît bien difficile, ajoute Delpech, de fuir cette conséquence, que le seul changement d'attitude du pied, et celui qui en résulte pour la tension des muscles, soit que cette dernière en augmente, soit qu'elle en soit diminuée, sont les véritables causes de l'amaigrissement et de la débilité de ce même organe. Partant de ce principe, il faudra admettre, avec lui, comme loi physiologique, que la conservation de la masse et de l'énergie des muscles dépend en partie du juste degré de tension que la nature a voulu leur donner, et que la difformité a totalement changé. — Mais, ne devrait-on pas admettre que toute partie, pour présenter les proportions physiologiques, doit être dans des alternatives de relâchement et de contraction, ou d'exercice et de repos, qui, seuls, peuvent assurer une nutrition convenable? C'est ici un défaut d'équilibre dans l'action musculaire : que l'on compare un membre livré à un repos absolu et celui qui subit un exercice modéré ; un muscle paralysé et un muscle sain.

PRONOSTIC.

La torsion des pieds, considérée dans son état de simplicité, ne menace ni n'abrège directement la vie. Mais, combien ses conséquences n'en sont-elles pas fâcheuses, par le rôle différent que remplit dans la société celui qui est porteur de cette infirmité! considérations toutes en dehors des obstacles opposés à la station et aux mouvemens progressifs viciés, et quelquefois presque entièrement empêchés, et dont elles ne sont que la conséquence. Ils ont donc rendu un grand service à la société, ils ont bien mérité de l'humanité, ceux qui ont trouvé, dans un moyen simple et facile, la guérison de cette difformité, quand elle est produite, ou qu'elle entraîne le raccourcissement des tendons ou de toute autre partie fibreuse.

TRAITEMENT.

L'indication à remplir est de faire cesser le rapport vicieux de la jambe avec le pied, et de ramener peu à peu les os déviés dans leur position et leur direction naturelles, et de les y maintenir jusqu'à ce que les muscles affaiblis aient acquis assez de force et d'extension pour contre-balancer l'action de leurs antagonistes, et que la difformité ne se reproduise point.

Pour atteindre ce but, on a employé des bandages mécaniques plus ou moins parfaits. Hippocrate, *de Articulis*, lib. V, a donné la description d'un appareil propre à remédier à cette infirmité. Les deux Wilson, Ambroise Paré, Fabrice de Hilden, Tiphaine, Verdier, Jakson de Londres, avaient décrit plusieurs appareils. Wesselet, Wantzel décrivirent un appareil adopté par Brukner. Un médecin suisse, Venel, au moyen d'une machine, guérissait assez radicalement les enfans pieds-bots, et les nombreux succès qu'il obtint, amenèrent bientôt, en Suisse, le plus grand nombre des individus affectés de cette maladie; mais son appareil resta inconnu jusqu'en 1817, où M. Louis d'Ivernois, élève du successeur de Venel, fit connaître le procédé de ce dernier. Il présenta l'appareil, soit à l'Académie, soit à d'autres Sociétés savantes; il l'employa même à Paris avec succès. Scarpa, Boyer, Delpech, Jacquart, etc., sont aussi les inventeurs d'appareils plus ou moins ingénieux, mais le plus souvent inutiles ; car il était alors impossible de vaincre la résistance des jumeaux (1).

On sentait depuis long-temps le besoin d'un procédé nouveau et plus sûr, pour remédier à cette infirmité. Le traitement par les seuls appareils ne pouvait être appliqué que dans l'enfance ; après plusieurs années de douleurs souvent atroces, ils n'avaient apporté aucun soulagement. Puis il était des cas où leur application était si douloureuse, que l'on a vu des malades préférer l'ablation d'un membre à un traitement long et pénible. Ces appareils se détérioraient souvent, ce qui était un grand inconvénient pour les malades éloignés des lieux où l'on trouvait des ouvriers aptes à les réparer. Ils n'étaient guère à la portée que des gens de la classe riche, qui pouvaient se remettre entre les mains des directeurs d'établissemens orthopédiques, qu'ils quittaient, le plus ordinairement, sans avoir trouvé une amélioration à leur état primitif. Toutes ces considérations avaient depuis long-temps frappé les hommes de l'art, qui regardaient le plus souvent cette maladie

---

(1) M. Guérin, directeur d'un établissement d'Orthopédie de Paris, avait obtenu plus de succès que tous ses devanciers, par le coulage du plâtre appliqué aux pieds-bots : ses succès occupaient l'Académie de Paris, peu avant qu'on expérimentât la méthode dont Thilémus est l'inventeur.

comme incurable. La science est enfin en possession d'une méthode curative qui remédie promptement et d'une manière sûre à cet état, contre lequel venait d'ordinaire échouer l'application des appareils ; je veux parler de la section du tendon d'Achille, ou d'autres tendons appartenant à des muscles rétractés.

Mais un tel procédé ne date pas de nos jours ; l'idée de cette opération paraît remonter à la fin du siècle dernier. Thilémus, médecin des environs de Francfort, la fit pratiquer, en 1784, par un chirurgien nommé Lorenz, sur une jeune fille de 17 ans : le tendon fut coupé en travers avec la peau qui le recouvrait ; la malade guérit. Depuis, abandonnée et inconnue, cette opération fut employée, en 1811, par Michaëlis, qui toutefois se bornait, le plus souvent, à couper une partie de l'épaisseur du tendon. Sartorius, en 1812, divisa complétement le tendon d'Achille, sur un garçon de 13 ans ; il le guérit complétement d'un pied-équin très-difforme : le malade ne conserva qu'un peu de roideur dans l'articulation du pied.

En 1816, Delpech fit cette opération sur le jeune A., et le guérit d'un pied-équin. Pourquoi cet habile chirurgien a-t-il négligé une opération dont il avait doté la chirurgie française (1)? Ce même malade,

---

(1) *Chirurgie clinique* de Montpellier, tom. I, pag. 177 et suiv. Observation d'un Pied-équin, guéri par la section du tendon d'Achille. Mars 1816.

revu vingt ans après par M. Bouvier, n'a pas cessé de jouir de la plénitude des fonctions du membre. M. Bouvier a mis sous les yeux de l'Académie les moules en plâtre des deux jambes de M. A., qui témoignent de la solidité de la cure... Je ne laisserai pas échapper l'occasion de rectifier l'erreur émise par l'auteur anonyme d'un article intitulé : *Du Pied-bot antérieur ou pied-équin, et de son Traitement par la section du tendon d'Achille.* Cet article est inséré dans le *Bulletin général de Thérapeutique*, ann. 1836, tom. X, pag. 213, lign. 30 et suiv. L'auteur ne nie point que Delpech n'ait été le premier chirurgien français qui a pratiqué la section du tendon d'Achille ; mais, dit-il, le résultat qu'il obtint a été nul... L'observation publiée par Delpech, était donc complétement fausse : il n'en est pas ainsi. L'Académie, naguère, a pu le vérifier sur les plâtres qu'on lui a présentés ; et M. Bouvier, qui a vu le malade, dément complétement une assertion sans valeur.

En 1831, M. Stromayer, directeur d'un établissement orthopédique du Hanovre, a repris l'opération de Delpech, que l'on avait abandonnée par indifférence ou prévention, ou par cette fatalité inévitable qui s'attache à tout ce qui est nouveau. Les six observations publiées par ce praticien, sont consignées dans les *Archives de Médecine*, 1833-1834. Il a depuis trouvé de nombreux imitateurs. Les deux premiers ont été MM. Duval et Bouvier. Après eux, elle a été répétée par MM. Roux, Blandin; à Strasbourg, par M. Stoess; à Montpellier, par M. Serre; à Toulouse, par le chirurgien en chef adjoint de l'Hôtel-Dieu, mon ami, le docteur Dieulafoy. Je publie moi-même, dans ce travail, les résultats d'une semblable opération, pratiquée sur le fils d'un de nos bergers. Beaucoup d'autres ont fait la section du tendon d'Achille ; car cette opération a définitivement pris place parmi les conquêtes de la chirurgie moderne, et elle sera désormais placée parmi les opérations les plus usitées.

Pendant que la ténotomie était ou ignorée ou regardée comme sans valeur parmi les médecins, elle était étudiée et mise avantageusement en pratique parmi les vétérinaires, toutes les fois que la brièveté d'un muscle ou de son tendon s'opposait au libre développement de la partie dont ils assuraient les mouvemens. Le hasard, à défaut d'expériences primitivement directes, les servit avantageusement. Un cheval avait eu le tendon d'Achille coupé d'un coup de sabre. Les parties divisées se trouvaient éloignées de plus de deux pouces. Contre l'avis du médecin vétérinaire, le propriétaire de cet animal ne le sacrifia point. Des soins de propreté furent seulement donnés. Au bout de trois mois, cet animal reprit son service habituel.

Une jument avait eu le tendon d'achille coupé d'un coup de serpette; les bouts étaient dans un écartement de trois pouces. Au bout de quatre mois, cette jument était tellement bien rétablie, qu'on apercevait à peine la trace de la blessure.

Un cultivateur des environs d'Auxerre, avait quatre chiens destinés à la garde de sa ferme avoisinée par un bois. Ces animaux abandonnaient souvent la propriété. Le fermier, voulant les rendre plus sédentaires, demanda à son vétérinaire de lui fournir un moyen convenable ; celui-ci eut la singulière idée de conseiller la section de l'un des tendons d'Achille. L'avis fut exécuté ; mais, au bout de trois mois, ils étaient rétablis et reprenaient leur ancien genre de vie. Le fermier, plus irrité que jamais, prit un bistouri, et leur coupa cette fois les deux tendons d'Achille ; peines perdues : quatre mois après, il n'y paraissait plus.

Ce qui avait, sans doute, prévenu les médecins contre la ténotomie, c'est que l'on attribuait aux tendons des accidens graves, le tétanos, par exemple ; tandis que d'autres prétendaient que les blessures des tendons guérissaient très-aisément sans fièvre, et sans autre symptôme de quelque gravité. Ce qui explique cette divergence d'opinions, c'est que, par la désignation de *Neuron*, les anciens comprenaient indistinctement les nerfs et les tendons. De cet abus d'expressions vient qu'on a faussement attribué aux tendons, ce que les pathologistes ont à bon droit établi de l'importance des blessures des nerfs.

Bichat (*Anatomie générale*) parle beaucoup de la réunion des parties fibreuses, et en particulier de celles du tendon d'Achille. Selon lui, les deux bouts du tendon laissent suinter une matière fibro-albumineuse, qui se condense peu à peu et les joint l'un à l'autre; du reste, cette matière, douée de souplesse et d'une sorte de ductilité, peut s'allonger et s'étendre.

Delpech parle aussi de la substance fibreuse intermédiaire, qui s'interpose entre les deux bouts d'un tendon divisé. Vingt-cinq jours, selon lui, suffisent en général pour l'entière cicatrisation ; mais il conseille d'éviter les lésions de la peau, qui, exposant les tendons à l'influence de l'air, les mettent dans des conditions favorables à leur exfoliation. Mais il ne dit rien sur la marche que suit ce nouveau tissu fibreux, qu'il nomme *substance inodulaire*.

Aussitôt qu'un tendon est coupé, dit M. Duval (*Bull. de l'Acad. royale de Méd.*, tom. Ier, pag. 410), les deux bouts se retirent par l'effet de la contraction des muscles. Quelques heures après la section, le tissu cellulaire environnant s'enflamme ; vingt-quatre heures plus tard, ce tissu, baigné dans la sérosité, présente à l'œil l'aspect œdémateux. La peau participe à cet état de turgescence.

Quelquefois on trouve un amas de matière rouge, semblable à un caillot de sang lavé, entre les deux bouts du tendon. Du tissu cellulaire de la circonférence des extrémités du tendon partent des filamens qui vont se rendre à leur matière fibrineuse, et *vice versâ*. A la vérité, cette substance ne se rencontre pas toujours ; mais, ce qui est constant, c'est l'état d'inflammation du tissu cellulaire pendant les sept à huit premiers jours. Trente-six heures après la section, la substance de prolongement existe déjà sous forme de membrane ligamenteuse, beaucoup plus développée en haut qu'en bas ; ce qui explique l'inégalité des renflemens que l'on sent sous la peau, le lendemain et le surlendemain de l'opération. Le troisième et le quatrième jour, le tissu intermédiaire acquiert beaucoup d'épaisseur, et devient comme charnu, d'un rouge foncé dans son intérieur, blanchâtre à sa circonférence ; du sixième au huitième jour, ce tissu offre la même forme que le tendon. L'organisation tendineuse de cette substance se fait de l'extérieur à l'intérieur, par la condensation des lames celluleuses. Du quinzième au vingtième jour, cette organisation est complète, la couleur rouge n'existe plus, et ce tissu de nouvelle formation est aussi solide et aussi résistant que le tendon lui-même, dont il ne diffère que par sa couleur, qui est moins blanche et a quelquefois un peu moins d'épaisseur.

M. Bouvier a présenté aussi à l'Académie, le tendon des extenseurs du pied, réuni par une substance solide, sur un chien qui a été sacrifié trente jours après la section de ce tendon. Les deux bouts du tendon étaient écartés d'un pouce, et leur continuité rétablie par un tissu fibreux nouveau, formé dans leur intervalle. Ce tissu avait le volume et l'apparence extérieure du tendon lui-même ; comme lui, il adhérait lâchement au tissu cellulaire qui lui servait de gaîne ; de sorte que, sous le rapport de la solidité et de la mobilité, il remplissait parfaitement les fonctions du tendon. La substance tendineuse nouvelle différait, par sa couleur grisâtre et par sa texture plus serrée, d'un véritable tendon. — Nous avons reconnu, dit M. Bouvier, en sacrifiant un certain nombre d'animaux, à des intervalles très-rapprochés, que cette cicatrice est le produit de l'adhésion qui s'établit entre les deux bouts et la gaîne cellulaire du tendon transformée par l'inflammation en un cordon solide.

Il est donc incontestable que la ténotomie peut allonger beaucoup les tendons dont le raccourcissement est une infirmité, qu'elle soit congéniale ou accidentelle.

Procédé opératoire. — Lorenz, en 1784, le premier qui ait fait la section du tendon d'Achille, coupa le tendon en travers avec la peau qui le recouvrait. Ce qui doit surprendre, après un semblable procédé, c'est la guérison de la maladie et sans complications ; car on sait que, exposés à l'air et dénudés de leur tissu cellulaire, ils sont aisément frappés de mort et s'exfolient ; et si l'on évitait cet accident, ne pouvait-il pas arriver que le contact de la plaie en suppuration qui se trouvait à la peau, enflammât le tendon si voisin de cet endroit....?

En 1812, Sartorius fit une incision longitudinale sur le milieu du tendon, qu'il coupa ensuite sur une sonde cannelée. Par une telle manière d'agir ne peut-on pas craindre, en incisant la peau, de diviser aussi la gaîne de tissu cellulaire qui habille le tendon? On exposera alors ce dernier aux suites de cet inconvénient, sa mortification....

Le malade, couché à plat ventre et le membre fixé par un aide, Delpech, le premier en France, qui ait pratiqué cette opération ; Delpech, dis-je, plongea transversalement un bistouri mince et pointu immédiatement au-dessous du tendon d'Achille, et perça la peau de part en part, entre le tendon et le tibia; il introduisit, par cette voie, un bistouri dont le tranchant convexe était dirigé vers le tendon, et coupa celui-ci par son passage, sans intéresser la peau en arrière. Les deux plaies à la peau étaient assez vastes, et, quoique réunies par première intention, elles suppurèrent. Le tendon avait commencé à s'exfolier; mais la nature triompha et le malade guérit: il vit encore et jouit de tous les bienfaits de sa guérison.

M. Stromayer, frappé des inconvéniens de la méthode Delpech, l'a favorablement modifiée. Le malade, placé comme dans le cas de Delpech, le pied fortement fléchi, afin de tendre le tendon d'Achille, M. Stromayer se sert d'un petit bistouri pointu, à manche fixe, à lame très-étroite, mais très-convexe vers la pointe; il ressemble assez bien à un scalpel. Il plonge son instrument en avant du tendon, qu'il pince et soulève avec deux doigts, afin de l'éloigner des parties profondes dont la lésion serait grave. Il arrive horizontalement avec le tranchant tourné en haut contre le tendon, jusqu'à la peau du côté opposé, qu'il n'intéresse pas. Au moyen de petits mouvemens de scie faits avec le tranchant convexe contre le tendon, celui-ci est coupé en un instant avec une sorte de craquement et de séparation instantanés. A peine si deux ou trois gouttes de sang s'échappent par la petite et unique incision de la peau; on la recouvre d'un peu de diachylon, et, en 24 heures, elle est cicatrisée. Il est facile de saisir toute la supériorité du procédé de Stromayer, sur les méthodes pratiquées avant lui. L'incision à la peau ressemblant à la piqûre faite par une lancette, les accidens de la cicatrisation sont donc nuls; car, 24 heures après, il n'y paraît guère plus. Le tendon n'a point à craindre de gagner une inflammation née des parties voisines enflammées. L'introduction de l'air, favorable à l'exfoliation des tendons, est dans les conditions les plus défavorables, ou, pour mieux dire, elles sont nulles. Le malade reculera moins devant une opération qui ne sera pas sanglante, et dont, en quelque sorte, aucune trace extérieure n'attristera ses yeux. On ne peut donc nier les avantages de la méthode Stromayer, comparée à celles qui lui sont antérieures. Aussi, ce procédé a-t-il été toujours ainsi usité, ou avec quelques légères modifications, par les chirurgiens qui, depuis Stromayer, ont tenté cette opération.

M. Duval, de Paris, fait varier son procédé opératoire, suivant que l'on a affaire à des enfans du premier âge ou à des adultes (1). Le malade couché sur le ventre, l'opérateur saisit le pied avec une main, et porte, de l'autre, le bistouri qu'il appelle ténotome, à la partie antérieure du tendon, qu'il divise transversalement, en appuyant le tranchant d'avant en arrière. L'instrument est introduit à la partie interne du tendon, à un pouce, un pouce et demi, ou deux pouces de son insertion au calcanéum, selon l'âge du sujet. En procédant ainsi, dit M. Duval, on est toujours sûr de couper toute l'épaisseur du tendon, tandis qu'on n'a pas la même sécurité en faisant l'inverse. Et, par exemple, lorsque le tendon est fortement entraîné en dedans, il peut arriver qu'on ne coupe que la partie externe du tendon; ou, si on le coupe en totalité, le plantaire grêle peut échapper. De même encore, ajoute M. Duval, les enfans atteints de varus qui ont peu marché, ont le tendon d'Achille large et membraneux; et, si l'on incise d'arrière en avant, il est presque impossible d'atteindre la partie la plus interne. Dans ces cas difficiles, M. Duval a employé deux fois un autre procédé : il a fait une petite incision de six lignes de large au côté interne du tendon parallèlement à sa longueur, et avec des ciseaux droits et mousses,

---

(1) *Bulletin de l'Acad. royale de Méd.*, tom. I, pag. 409.

introduits dans la petite division, les lames assez écartées pour saisir le tendon transversalement, en glissant l'une sous la peau, et l'autre à la partie antérieure, il l'a divisé d'un seul coup. M. Duval ajoute que ce procédé lui paraît bien préférable à celui qui consiste à glisser un bistouri étroit entre la peau et le tendon, et ensuite à couper d'arrière en avant. Il n'expose pas, du moins, à couper les artères tibiales postérieures et péronières...... Mais, quand on se sert seulement du ténotome, peut-on craindre de semblables lésions? Le tendon est toujours plus saillant que l'artère tibiale postérieure, dont il est, du reste, séparé par du tissu graisseux et par l'aponévrose jambière. Quant aux vaisseaux péroniers, la crainte de M. Duval n'est-elle pas au moins exagérée? Ils sont d'une grande ténuité, et ils sont situés sous le fléchisseur du gros orteil, ce qui empêche évidemment de les atteindre. Stromayer, comme M. Duval, attaquait le tendon d'avant en arrière. Mais, ce que n'avait point fait Stromayer, M. Duval donne pour précepte d'introduire le ténotome à la partie interne du tendon ; il fixe aussi le lieu d'élection pour la solution de continuité.

M. Bouvier a aussi essayé de simplifier cette opération, déjà modifiée si avantageusement par Stromayer. Il pratique une ponction légère avec la pointe d'une lancette, ou avec une aiguille tranchante sur un de ses côtés, parallèlement à l'axe de la jambe, à quelques lignes du tendon, vis-à-vis du lieu où il offre le moins de largeur et le plus de saillie. Cette légère piqûre suffit pour donner passage au ténotome, petit couteau droit, *à pointe mousse,* convexe sur son côté tranchant. M. Bouvier incise d'arrière en avant, lorsque le tendon se dessine mal sur un membre chargé de graisse ou œdématié. Mais il s'expose ainsi à la lésion de l'artère tibiale postérieure ; ce que l'on n'aurait point à redouter, pas plus que la crainte de ne diviser le tendon qu'incomplétement, si l'on se servait d'un ténotome fixe sur son manche étroit, et terminé par une portion très-étroite, courbée un peu en arc de cercle, mousse à son extrémité libre. Le côté concave serait tranchant. La ponction étant faite, on introduirait cet instrument à plat pour tourner son côté tranchant vers le tendon, que l'on diviserait d'avant en arrière ; ou bien on l'introduirait, en présentant le dos du ténotome aux parties profondes. Par la seule forme de l'instrument, son introduction le moulerait en quelque sorte sur le tendon ; et quand la pointe mousse, arrivée du côté opposé, avertirait que l'introduction est complète, de légers mouvemens de bascule suffiraient pour diviser le tendon complétement dans tous les cas, et l'on n'aurait point à redouter des lésions artérielles de quelque importance.

Quant à l'incision ou ponction à faire à la peau, je ne pense pas qu'il sera indifférent qu'elle soit parallèle ou perpendiculaire à l'axe du tendon. Chez un malade opéré récemment par M. Duval, à Paris, et qui me montrait les résultats obtenus par la section qu'on lui avait pratiquée, le grand diamètre de la ponction était perpendiculaire à l'axe du tendon. Je pense, dis-je, que cette incision devra être longitudinale ou parallèle à l'axe du tendon, surtout quand, immédiatement après l'opération, le pied sera renversé sur la jambe. Par cette manœuvre, les tégumens étant distendus, les bords de la petite plaie se trouvent exactement affrontés par tous leurs points; tandis que, si l'incision était transversale ou perpendiculaire à l'axe du tendon, par le renversement du pied sur la jambe, les bords de la plaie seront tenus éloignés et suppureront. La plaie sera douloureuse, et pourra même se prolonger par déchirement par ses angles, complications que l'on évitera toujours par l'incision parallèle à l'axe du tendon.

Comment doit-on se comporter après l'opération? Delpech affronta, du mieux qu'il lui fut possible, le tendon divisé. Il ne commença à opérer de la distension, que un mois environ après l'opération, lorsque la réunion lui parut solide. Mais, n'était-ce pas s'exposer à perdre tous les bienfaits de la section du tendon d'Achille, que d'attendre la solidité de la cicatrice, son entière formation, pour commencer la distension? Au bout de vingt jours environ, le tissu de nouvelle formation a la solidité, la consistance de l'ancien. Il s'exposait à un traitement par les machines, long, douloureux, et qui eût pu être infructueux; ce qui est arrivé à Stromayer, qui attendait aussi la réunion du tendon, pour opérer la distension sur la substance inodulaire. Il est à craindre que, après un semblable mode d'agir, le tendon hors des moyens d'extension auquel il était soumis, ne revienne sur lui-même ; on doit également craindre que le tendon ne puisse plus subir une distension suffisante. On produit aussi, je l'ai dit déjà, une douleur violente, qui persiste plusieurs heures, à chaque nouveau degré d'extension que l'on veut obtenir. On sait qu'une extension un peu vive produit des douleurs parfois excessives dans le système fibreux. M. Bouvier ne craint pas d'écarter les deux bouts du tendon, aussitôt après la section. Il épargne ainsi au malade la douleur causée par le tiraillement de la cicatrice, et il ne risque pas de trouver dans celle-ci une résistance insurmontable, comme cela est arrivé, ainsi que je l'ai déjà dit, à Stromayer. Il a prouvé d'ailleurs, par des faits positifs, dont plusieurs sont cités par Molinelli, dans les Mémoires de l'Académie de Boulogne, ainsi que par les résultats de ses expériences sur les animaux, et des opérations faites directement sur l'homme, que l'écartement des deux bouts du tendon, immédiatement après sa division, ne nuit en rien à la formation de la cicatrice. Dans les deux observations que je donne, l'écartement des deux bouts a été immédiatement placé dans l'écartement qui devait amener un allongement suffisant pour la guérison de la difformité. M. Dieulafoy et moi n'avons eu qu'à nous louer de cette manière d'agir. Aurais-je moi-même, par une autre manière de faire, obtenu un allongement de quatre pouces que j'ai ainsi obtenu, ce que MM. les Professeurs de la Faculté de Montpellier ont pu vérifier par l'examen des plâtres moulés avant et après l'opération, que je leur ai présentés?

La section du tendon d'Achille ne suffit pas, dans tous les cas, pour la guérison des pieds-bots; et nous devons à M. Duval deux exemples de cette nature.

Dans un cas de varus, indépendamment de la section du tendon d'Achille, il fut obligé de pratiquer celle du tendon du jambier antérieur; dans un cas de valgus, il joignit à la division du tendon d'Achille celle du long péronier latéral, dont le raccourcissement favorisait le déversement du pied en dehors.

On sait que la section du tendon, abandonnée à elle-même, ne serait point suffisante pour la cure des pieds-bots. Dans le pied-équin, où les rapports de parallélisme de la jambe et du pied ne sont point changés, tout appareil qui renversera et maintiendra le pied renversé sur la jambe, sera convenable. On pourra se servir de l'appareil consigné dans le *Bulletin de Thérapeutique*, tom. X, pag. 215. Dans les autres cas où l'on doit rétablir la direction normale de la jambe et du pied, et favoriser l'écartement des deux bouts du tendon divisé, le traitement sera plus long, plus douloureux, et l'on ne devra pas enlever l'appareil continué nuit et jour, avant deux mois environ de son application. On aura le choix entre les appareils de Scarpa, Delpech, de Venel, publié par le docteur d'Ivernois, de Boyer, Stromayer, Duval, Bouvier, qu'il serait trop long de faire connaître ici, et dont l'explication se trouve dans leurs Ouvrages ou leurs Mémoires. L'opéré ne reste dans son lit, ou, pour mieux dire, sans marcher, que pendant les dix ou quinze premiers jours; après cette époque, il fait de l'exercice, afin d'aider et de consolider l'allongement. Quant aux accidens consécutifs, ils sont nuls; car l'opération s'est faite presque sans douleur : il n'y a point de mouvement réactionnaire, et l'opéré ne cesse pas un moment de jouir de toute sa santé.

Il est, je crois, inutile de terminer mon travail par un parallèle déjà fait entre la cure des pieds-bots par la méthode ancienne, ou des seules machines; et la nouvelle, ou de la section du tendon d'Achille, aidée des appareils. Delpech regardait la section du tendon comme une ressource de plus pour la guérison des pieds-bots, mais *nullement* préférable à celles que l'on peut trouver dans les appareils à extension permanente dans les muscles raccourcis. Ces idées sont déjà trop loin de l'époque actuelle, pour entreprendre de les réfuter. Mais la section du tendon d'Achille, contre l'opinion généralement reçue, ne devra pas être, je pense, exclue chez les enfans, et peut-être devrait-on se montrer plus indulgent pour ce chirurgien de Magdebourg, qui a récemment coupé le tendon d'Achille sur trois enfans, dont le plus âgé avait trois ans et demi, et le plus jeune trois mois. M. Duval se demande si les pieds-bots des jeunes enfans peuvent être toujours guéris par des machines : il se prononce fortement pour la négative. Plusieurs fois il lui est arrivé d'être appelé pour des enfans qui avaient passé quatre, cinq, six et jusqu'à huit ans, dans les établissemens orthopédiques. Le plus souvent on n'obtient qu'un redressement incomplet et passager. Delpech a dit que, après le redressement d'un pied-bot par les machines, le malade doit faire usage d'un moyen propre à maintenir l'extension des muscles en défaut jusqu'à parfait développement du squelette, sinon la rechute est inévitable. — Ainsi, après avoir longement essayé des machines, il faut presque toujours en venir à la section du tendon d'Achille, par laquelle il eût fallu commencer ; on le peut d'autant mieux, que plus les enfans sont jeunes et plus la guérison est prompte. Dans l'observation due à M. Dieulafoy, le sujet, depuis l'âge de 2 ans, portait inutilement des appareils à redressement. La section du tendon d'Achille a guéri, en un mois de temps, une difformité très-prononcée et que les machines combattaient sans aucun succès depuis plusieurs années...

Pour résumer, d'un côté, l'on trouve un traitement long, cruellement douloureux, à la portée seulement des classes riches, et par-dessus tout presque toujours infructueux et applicable à l'exception des enfans en bas âge ; de l'autre côté, une opération sûre et sans douleur (1), applicable aux difformités les plus anciennes et les plus fortes, comme à celles qui le sont moins, et aux malades de toutes les classes. Un traitement expéditif et une cure certaine, telles sont les conditions que la méthode nouvelle oppose à l'ancienne. Qui oserait se prononcer pour l'ancien traitement des pieds-bots, et n'accorderait au nouveau mode aucune préférence sur l'usage seul des appareils ? Il faudrait professer un profond fanatisme pour les choses vieillies et décrépites. Quelques chirurgiens hésitent encore, il est vrai; mais, il est des yeux et des intelligences fermées à l'évidence. Heureusement pour l'humanité, ces médecins sont rares. Quant à moi, je paie ici mon tribut d'éloges et de reconnaissance aux hommes qui nous ont légué un tel héritage; ils ont bien mérité de la science et de l'humanité : la section du tendon d'Achille, dans le traitement des pieds-bots, est un trophée de plus à ajouter aux conquêtes de la chirurgie moderne; c'est un progrès incontestable.

OBSERVATION I. — François d'Arnès, natif d'Auch, âgé de 5 ans environ, était né avec un varus à chaque pied. A l'âge de 2 ans, on lui fit l'application d'un appareil propre à corriger cette difformité. Il

---

(1) Un organe fibreux peut être piqué, coupé, soumis l'action d'irritans chimiques, sans que l'animal en témoigne de la douleur.

continua l'usage de ces appareils, et sans aucun succès, jusqu'au mois de mai 1837, époque à laquelle il fut présenté à M. Dieulafoy. Le pied reposait sur le sol par son bord externe et paraissait appuyer sur la malléole du même côté. La malléole interne paraissait effacée; le bord interne du pied était élevé au-dessus du sol. Sa plante était tournée en dedans et en arrière, le gros orteil incliné en haut. Le pied paraissait rabougri. Le tubercule postérieur du calcanéum était fortement tiré en haut et en dedans par les muscles jumeaux, et, le tendon d'Achille étant fortement tendu, le talon ne touchait pas le sol.

L'astragale était peu déplacé, et le scaphoïde ayant abandonné la tête de l'astragale, faisait une forte saillie sur le dos du pied.

Le cuboïde était contourné sur son axe; il était dirigé en dehors sur le bord inférieur et externe du pied : il y avait un écartement considérable entre la saillie postérieure de cet os et celle du calcanéum. Cet os était contourné en dedans, de telle manière que sa tubérosité postérieure, celle qui donne attache au tendon d'Achille était, non à la partie postérieure du diamètre antéro-postérieur du pied, mais en dedans de cette ligne : les trois os cunéiformes et les os du métatarse participaient à cette rotation. Les muscles péroniers étaient très-relâchés, les jumeaux très-tendus. L'obstacle au redressement était dans le raccourcissement du muscle triceps de la jambe ou de son tendon. On proposa, comme moyen curatif, la section du tendon d'Achille. Les parens acceptèrent. Elle fut pratiquée, le 30 mai 1837, en présence des docteurs Viguerie et Vignes. L'enfant, couché sur sa mère, un aide tendit le tendon, en portant le pied dans la flexion sur la jambe. Un bistouri convexe et étroit fut porté au devant du tendon, par une seule incision à la peau, faite au côté interne de la jambe et vers la partie où le tendon semblait le mieux se détacher. Cet instrument fut remplacé par un bistouri, avec lequel le tendon, au moyen de légers mouvemens de scie, fut entièrement divisé. A l'instant, le pied fut porté dans la flexion. L'autre pied fut opéré dans la même séance et par un procédé semblable. L'enfant n'accusa presque point de douleur. La plaie unique n'avait que quatre lignes dans son grand diamètre, qui était parallèle à l'axe de la jambe. Le pied fut maintenu dans la flexion; pas le plus léger accident ne se manifesta. L'enfant n'a pas cessé de jouer et de manger, comme il le faisait avant l'opération. Onze jours après, il marchait pour la première fois. Trente-six jours après l'opération, M. Darnès a conduit son enfant chez lui : celui-ci marchait très-bien, ce qu'il n'avait jamais fait, ou seulement de la manière la plus difficile et la plus pénible à voir. L'enroulement avait entièrement disparu : les pieds posaient entièrement à plat sur le sol.

OBSERVATION II. — Valentin M....., natif de la commune de Lapeyrouse, Haute-Garonne, âgé de

12 ans, était né avec un varus du pied gauche. Cet enfant, préposé à la garde des troupeaux, dans ma famille, m'avait souvent fourni l'occasion d'examiner cette difformité, qui, tous les jours, devenait plus considérable. Depuis long-temps, il ne pouvait porter aucune chaussure au pied qui présentait ce vice de conformation. M'étant absenté plusieurs années, à mon retour je le trouvai dans une impossibilité presque absolue pour la marche, qui ne se faisait qu'avec beaucoup de peine. Il était, d'ailleurs, obligé de prendre du repos à chaque instant. L'ayant considéré plus attentivement, je pus observer les désordres suivans.

La jambe était sur le même plan que le dos du pied, et continuait une ligne non brisée, au lieu de faire un angle droit sur le tarse. La jambe se dirigeait en dedans, de telle sorte que, lorsqu'il marchait, le genou du côté malade gagnait le devant de la jambe, et contrariait absolument la marche. J'eus alors occasion de remarquer une difformité double chez ce sujet. Dans la station sans progression, le pied ne touchait le sol que par la partie de la face inférieure correspondante à l'extrémité antérieure du premier métatarsien : il y avait là un bourrelet calleux. Dès qu'il opérait la progression, le pied se renversait en dedans, et reposait non-seulement sur son bord externe, mais encore sur les trois parties signalées dans le varus prononcé, par M. Bouvier. Mais, ce que cet auteur semble avoir nié comme ne s'étant pas rencontré, la malléole externe servait ici de point d'appui et de base de sustentation. Le pied était bombé en haut, cintré en bas, et marqué dans ce sens de sillons profonds; il était arqué en dedans, de sorte que le gros orteil était plus rapproché du talon, tous les deux déviés en dedans. La malléole interne, qui correspondait au tiers inférieur de la courbure, semblait effacée; l'externe, au contraire, était fort apparente. Le calcanéum était dirigé en dedans et en haut. La mortaise tibio-péronière, au lieu de tomber perpendiculairement sur l'astragale, était très-oblique et dirigée en arrière, de sorte que, en avant de l'articulation, on apercevait une tubérosité formée par l'astragale mis à découvert par la direction oblique de la jambe sur le pied. Le cuboïde participait aussi à cette saillie: les trois cunéiformes avaient aussi perdu leurs rapports, et tous les os du tarse étaient très-luxés en avant. La jambe et la cuisse étaient fort amaigries, ainsi que cela arrive en semblable occasion; mais leur longueur était naturelle. Les muscles étaient peu prononcés, comme atrophiés et sans énergie : la saillie du mollet était très-remontée et se voyait à peine. Quand on voulait ramener le pied dans la flexion sur la jambe, on en était empêché par le tendon du jumeau qui était fortement distendu sous la peau. L'obstacle était là ; car les muscles antérieurs étaient relâchés. Après beaucoup de difficultés, les parens, qui n'osaient pas m'opposer une résistance ouverte, bien convaincus d'ailleurs qu'ils étaient, que leur enfant ne pouvait contracter une plus grande difformité, celle qu'il portait étant déjà complète, ils me le confièrent. Je l'opérai, le 12 septembre 1837, en présence de MM. Dieulafoy et Laforgue, et de quelques autres de mes condisciples. Le malade couché sur le ventre, une ponction fut faite à la peau, au côté interne de la jambe, douze lignes environ au-dessus de l'insertion du tendon au calcanéum. Par la flexion du pied, opérée par un aide, le tendon était très-distendu et se dessinait très-bien sous la peau. Cette ponction, de deux à trois lignes dans son plus grand diamètre, et parallèle dans ce sens à l'axe du tendon, servit à introduire le ténotome de M. Bouvier, dont le tranchant fut dirigé vers la partie antérieure du tendon qui allait être divisé d'avant en arrière. Quelques secondes suffirent ; à peine quelques gouttes de sang s'échappèrent de la division unique faite à la peau. Il y eut peu ou point de douleur ; et, immédiatement après, le pied fut ramené dans la flexion sur la jambe. Il fallait un appareil qui maintînt l'extension de la jambe sur le pied, et qui corrigeât en même temps les rapports vicieux de ces parties. Je donnai la préférence à l'appareil de M. Duval, en y ajoutant une guêtre lacée, dont le but était de comprimer de haut en bas les os luxés en avant. Par des manipulations souvent répétées, je faisais souvent jouer les os du tarse les uns sur les autres, afin d'user en quelque sorte leurs anciennes facettes, et rendre plus facile la réduction. Aucun accident consécutif ne s'est jamais manifesté. Le 12ᵉ jour, le malade marchait avec son appareil : un mois après il en était débarrassé, et il marchait sans claudication. La jambe faisait un angle droit sur le pied, qui avait perdu toutes ses anciennes difformités, pour ne plus présenter que les formes assignées aux pieds non déformés. La face plantaire touchait le sol par tous les points. Par la section du tendon, j'avais obtenu un allongement de quatre pouces environ. Le succès ne s'est point démenti depuis ; l'enfant se livre à des courses de plusieurs heures, sans être obligé de prendre du repos.

F I N.

QUESTIONS IMPOSÉES

PAR LE CONSEIL ROYAL DE L'INSTRUCTION PUBLIQUE.

PREMIÈRE QUESTION.

Quelles sont les parties essentielles de la fleur, et quelles sont celles qu'on observe communément dans les fleurs dites complètes?

Depuis le beau mémoire de Linnée, qui fit une si grande révolution dans les idées reçues sur la manière dont se reproduisent les végétaux, il est absolument établi que l'étamine et le pistil, ou organes reproducteurs des plantes, sont les parties essentielles de la fleur ; les autres parties, ou enveloppes florales, ne sont que des organes protecteurs.

Toute fleur complète se compose du calice, ou enveloppe ordinairement herbacée ; de la corolle, ou enveloppe colorée ; des étamines et du pistil, organes reproducteurs, et du réceptacle, support commun de toutes ces parties ; et, pour m'exprimer aussi métaphoriquement que Linnée, j'ajouterai : le calice est le lit nuptial, où se célèbrent les noces ; la corolle, les rideaux ; l'étamine, le mâle ; le pistil, la femelle.

DEUXIÈME QUESTION.

Quel est le mode de terminaison des branches du ganglion sphéno-palatin et du nerf de la cinquième paire qui se terminent dans les fosses nasales ?

Trois branches naissent du *ganglion sphéno-palatin*, ou *ganglion de Meckel;* ce sont: 1° *les nerfs palatins ;* 2° *les nerfs sphéno-palatins,* ou *nasaux postérieurs;* 3° *le nerf vidien,* ou *ptérygoïdien.*

Les *nerfs palatins* sont distingués en *grand, moyen* et *petit.* Le *grand* a une branche, *le rameau nasal inférieur,* destinée aux cornets moyen et inférieur. On peut suivre jusqu'à la partie antérieure du cornet, la division destinée au cornet inférieur. (Cruveilhier.) Le *staphylin,* branche aussi fournie par le *grand nerf palatin,* à sa sortie du canal du même nom, donne des rameaux à la muqueuse nasale.

Les *sphéno-palatins* pénètrent dans les fosses nasales par le trou d'où ils ont tiré leur nom, et se distribuent aux cornets supérieur et moyen, ainsi qu'à la cloison des fosses nasales. Un deux, le *naso-palatin* de Scarpa, après être descendu en avant sur la cloison où il chemine, jusqu'au niveau de l'orifice supérieur du canal palatin antérieur, dans lequel il s'engage, arrive dans un conduit particulier, et se termine, d'après M. H. Cloquet, au ganglion *naso-palatin*; ganglion nié par M. Arnold, cité par M. Cruveilhier. Ce dernier, contre l'avis de M. Cloquet, qui dit que le nerf *naso-palatin* n'arrive pas dans la bouche, l'a suivi dans la muqueuse palatine, derrière les incisives supérieures. M. Cruveilhier n'a pu jamais voir les filets que certains auteurs disent être fournis à la cloison par le *naso-palatin*.

Le sphéno-palatin a encore trois ou quatre branches, appelées *nerfs nasaux supérieurs*, qui se dirigent verticalement le long de la partie postérieure de la paroi externe des fosses nasales, et s'épanouissent en filets destinés aux cornets et aux méats : ces filets ne peuvent s'apercevoir que sur la surface externe de la pituitaire.

Le nerf vidien, pendant qu'il est encore dans le canal pratiqué à la base de l'apophyse ptérygoïde, donne quelquefois des filets qui sortent par des trous pratiqués à sa partie interne, et qui se distribuent à la pituitaire de la partie postérieure et supérieure des fosses nasales. (Boyer.)

La cinquième paire compte trois divisions : 1° le *nerf ophthalmique de Willis*; 2° le *maxillaire supérieur*; 3° le *maxillaire inférieur*.

La branche *ophthalmique* a trois branches, dont l'une, la *nasale*, a deux rameaux distingués en *interne* et en *externe*. L'*interne*, parvenu sur les côtés de l'apophyse *crista galli*, traverse la petite fente de la gouttière ethmoïdale, et pénètre ainsi dans les fosses nasales, où elle se divise en deux filets : l'un, destiné à la face postérieure du nez, aux tégumens du lobe et à la cloison ; l'autre fournit à la paroi externe des fosses nasales.

TROISIÈME QUESTION.

De la miliaire des femmes en couche.

Les femmes en couche, comme, du reste, tous les autres individus, sont exposées à une éruption contagieuse, désignée sous le nom de *miliaire* ou de *millet*.

Cette affection s'observe avec tous les caractères d'une maladie idiopathique, comme on la voit aussi compliquer beaucoup d'affections, l'état des couches, par exemple ; ce qui lui a valu d'être considérée comme symptomatique par beaucoup d'auteurs. Dans certains cas, elle juge une autre affection ; elle est alors *critique*.

Diagnostic. — Au milieu de sueurs abondantes naturelles ou provoquées, ou sans qu'elles se montrent, après une période d'invasion de 2 à 4 jours, dans laquelle apparaissent des phénomènes locaux ou généraux, après des démangeaisons et des picotemens à la peau, apparaît un exanthème caractérisé par de petites vésicules remplies d'une sérosité transparente (*sudamina*). Elles peuvent avoir une base enflammée : ce sont les cas les plus ordinaires. Ailleurs, ce sont des granulations rouges, coniques, souvent plus sensibles au toucher qu'à la vue, qui se transforment ensuite en vésicules transparentes ou opalines. Cette éruption discrète ou confluente, dont chaque vésicule a la grosseur d'un grain de millet, se montre de préférence au cou, à la poitrine, surtout sous les seins chez les femmes, au dos.

Causes. — Abus des sudorifiques ; couvertures trop nombreuses ; applications chaudes ou excitantes à la peau ; pays humide. Ailleurs, elles sont inconnues. Ainsi, des individus, courant les rues, ont été affectés de cette maladie : c'était, ou des femmes ayant repris prématurément leur genre de vie habituel après leurs couches ; ou des individus des deux sexes, comme elles exposés à l'air libre.

Durée. — Durée individuelle des vésicules, de 2 à 3 jours ; sueurs fétides qui accompagnent l'éruption, plus constantes. Du huitième au dixième jour, tout est terminé.

Terminaison. — Brusque ou métastatique, ou régulière par dessiccation ou efflorescence.

Pronostic. — En général peu grave ; fâcheux, quand l'éruption, se manifestant chez les femmes en couche, la sécrétion laiteuse et les lochies seront supprimées ; grave, quand elle s'accompagnera de lésions d'organes importans ; mais, alors, c'est la maladie concomitante qui sera fâcheuse, plutôt que l'éruption. Toute disparition brusque sera également suspecte.

Traitement. — S'isoler des malades. Quand

l'éruption a lieu: méthode expectante; air frais; boissons acidules; couvertures légères; et, dans les cas où apparaissent des symptômes concomitans graves, c'est à eux que s'adressera la médication. Dans les cas de disparition brusque, on la rappellera par des excitans externes...... Quand l'éruption sera jugée critique, on la favorisera. Chez les femmes en couche, on rappellera les lochies, quand l'éruption les aura supprimées.

QUATRIÈME QUESTION.

Apprécier les symptômes de la Péricardite.

Il semble à peu près impossible de donner des signes absolus de la péricardite, quelque lucidité que les travaux de M. Louis aient pu donner à cette affection : les symptômes de la cardite, par exemple, sont ceux de la péricardite. Telle était l'opinion de Corvisart. Le sthétoscope n'a pu rien apprendre, alors surtout que la péricardite se complique de l'inflammation de la plèvre et des poumons. M. Colin, le premier, a signalé un bruit de cuir neuf; mais ce signe manque le plus souvent, car, en 1834, M. Bouillaud ne l'avait observé qu'une seule fois. Le son mat signalé par M. Louis, et pour le diagnostic exact duquel il faudrait avoir affaire à une péricardite simple; le son mat, dis-je, comme l'observe M. Broussais, ne survient que par la collection séro-purulente, ce qui suppose la maladie à sa dernière période, ou son passage à l'état chronique ; et alors ne pourrait-on pas confondre cette collection avec un épanchement pleurétique, avec un hydrothorax ? M. Broussais a dit aussi que l'obscurité des signes de la péricardite vient de ce qu'une foule de maladies qui ont leur siége hors du cœur, peuvent produire, dans cet organe, toutes les altérations de pulsations, tous les troubles de circulation que détermine la péricardite elle-même. Cette obscurité vient encore de la facilité qu'il y a pour le malade et le médecin de confondre les douleurs qui partent du cœur ou de son enveloppe, avec celles qui viennent de la plèvre voisine, du diaphragme, de l'extrémité cardiaque de l'estomac et même des muscles intercostaux qui correspondent au cœur. Je conclus donc, comme je l'ai déjà dit, qu'on ne peut accorder grande valeur aux signes donnés pour l'appréciation de la péricardite.

FIN DES QUESTIONS IMPOSÉES.

Milton Keynes UK
Ingram Content Group UK Ltd.
UKHW041056241024
450026UK00018B/320